शबरी

शबरी

श्रीनरेश मेहता

लोकभारती प्रकाशन

पहला संस्करण : 1977 में प्रकाशित

लोकभारती प्रकाशन
पहली मंजिल, दरबारी बिल्डिंग, महात्मा गांधी मार्ग
प्रयागराज-211 001
वेबसाइट : www.lokbhartiprakashan.com
ईमेल : info@lokbhartiprakashan.com
शाखाएँ : 1-बी, नेताजी सुभाष मार्ग, दरियागंज
नई दिल्ली-110 002
अशोक राजपथ, साइंस कॉलेज के सामने
पटना-800 006
1, अनमोल सोराबजी संतुक लेन, धोबी तलाव,
मरीन लाइंस, मुम्बई-400 002

पहला लोकभारती संस्करण : 2012
This book is printed on **Print on Demand**
Technology : 2025

SHABRI
by Shrinaresh Mehta

ISBN : 978-81-8031-676-0

मूल्य : ₹395

मानवीय दृष्टि उत्पन्न हो इसके लिए
पुत्र ईशान और पुत्री वान्या को

भूमिका

रचना की प्रासंगिकता

प्रत्येक रचना का अपना एक प्रयोजन हुआ करता है। 'शबरी' की रचना के पीछे भी निश्चित हो प्रयोजन-दृष्टि रही है। शबरी की कथा निम्नवर्ग की एक साधारण स्त्री के आत्मिक एवं आध्यात्मिक संघर्ष को ऐसी कथा है जो रामायण के शीर्षस्थ पात्रों, चरित्रों में भी अपनी पहचान बनाये रखती है। रामायण में प्रयुक्त अन्य साधारण पात्र, अपनी प्रयुक्ति के बाद रचना के गतिशील फलक में विलीन हो जाते हैं, परन्तु शबरी जिस क्षण वाल्मीकि के द्वारा राम-गाथा में प्रयुक्त होती है उस समय तक वह अत्यन्त उच्च भाव-भूमि प्राप्त किये हुए होती है। रचनात्मक प्रयुक्ति के क्षण में शबरी के लिए राम स्वतन्त्र सत्ता नहीं है। साधना की यह परावस्था हो शबरी को सारे रामायणकालीन पात्रों में विशिष्ट बनाती है।

आदि-कवि वाल्मीकि का इस प्रसंग के पीछे सामाजिक प्रयोजन भी लगता है। प्रत्येक व्यवस्था का दोषमय होना उसको नियति एवं प्रकृति है। वर्ण-व्यवस्था भी इसका अपवाद नहीं हो सकती थी। एक व्यक्ति किस प्रकार अपने चैतन्य की रक्षा इस सामूहिक जड़ता से कर सकता है। यह प्रश्न आदि-कवि के युग में भी ज्वलन्त था तथा आज के वर्ण-व्यवस्थावाले समाज में भी जीवन्त समस्या है। वाल्मीकि ने सामाजिक वर्ग-व्यवस्था से ऊपर व्यक्ति के आध्यात्मिक स्वत्व एवं असंग कर्म को प्रतिष्ठापित किया और शबरी यही बीज-चरित्र है। कवि को मानवीय दृष्टि ने हो शबरी के साधारणत्व को असाधारणत्व प्रदान किया। चरित्र की दृष्टि से शबरी, मन्त्र-चरित्र लगती है।

श्रम और कर्म में शारीरिक एवं मानसिक स्तर पर भेद करना होगा। किसी भी व्यक्ति को अपने व्यक्तित्व की सम्प्राप्ति के लिए अपने श्रम को अगत्या कर्म में परिणत करना होगा। इस रूपान्तर के लिए दृष्टि की आवश्यकता होगी। वाल्मीकि ने शबरी के पात्र को यह दृष्टि प्रान को और यह चरित्र बन गयी। तुलसी ने शबरी मे मात्र भक्त की सम्भावना ही देखो। तुलसी राम में इतने व्यस्त थे कि अन्य पात्रों

की आवश्यकताओं की ओर देखने का न तो उन्हें अवसर ही था और न ही इच्छा। इसलिए तुलसी की दृष्टि भाक्तिक होने पर भी पूर्ण उदार नहीं कही जा सकती। इसलिए आज के सन्दर्भ में प्रासंगिक भी नहीं लगती, जबकि वाल्मीकि की काव्य-दृष्टि अपनी मनुष्य-प्रधानता के कारण आज भी प्रासंगिक लगती है।

जिस युग की यह कथा है उस समय सामाजिक स्तर पर भले ही वर्ग-व्यवस्था का विधान रहा हो पर व्यक्ति, कर्म के द्वारा वर्ण-मुक्त होने की चेष्टा कर सकता था। शबरी की कथा में भी यही वर्ग-मुक्त होने की चेष्टा है। यह ठीक है कि इसके लिए व्यक्ति को संघर्ष (?) करना ही होता था। जिस समाज में हम रह रहे है उसमें वर्ण-व्यवस्था प्रधान है। वर्ण और वर्ग-मुक्त होने की हमारी सबसे प्रमुख समस्या है। सामाजिक वर्ण-व्यवस्था और वैयक्तिक कर्म-विधान में एकता की चेष्टा सदा से कवि, विचारक, दार्शनिक और सुधारक करते आये हैं। आज की वर्ण-व्यवस्थावाली सामाजिकता को श्रम-विधान के द्वारा सुलझाने की चेष्टा निरन्तर की जा रही है। संघर्ष की भाषा में बदलाव आया है। वर्ग-मुक्त होने का तात्पर्य व्यक्ति के व्यक्तित्व को ही समाप्त कर देना मान लिया गया है। फलतः हमारा समाज श्रम और कर्म दोनों ही क्षेत्रों में वैसे ही भटक गया है जैसे कि तपते मरुस्थल में कोई सार्च खो जाता है। आधरभूत समानता आज तक यह है कि सारी समस्याओं के मूल में मनुष्य ही है। मनुष्य का उल्लंघन करके न धर्म, न दर्शन और न राजनीति कोई भी अपनी दृष्टि प्रतिपादित नहीं कर सकते तब भला काव्य-दृष्टि यह कैसे कर सकती है? वस्तुतः काव्य दृष्टि ही यह सेतु या भाव-द्वोप है जहाँ धर्म, दर्शन, राजनीति, इतिहास सबको एक साथ खड़ा किया जा सकता है। जिस प्रकार राजनीतिक या आर्थिक समता के बिना धर्म का 'सोऽहं' भाव निरा पाखण्ड है उसी प्रकार बिना धर्म या नैतिक मूल्यों तिक मूल्यों के राजनीतिक या आर्थिक समानता निरी क्रूर, पाशविक या अवसरवादिता है। धर्म को चैतन्य असंगता और राजनीति की पदार्थिक आसक्ति दोनों का उचित संयोजन ही काव्यात्मक मानवीय दृष्टि है। इसीलिए काव्यात्मक मानवीय दृष्टि की सम्यक् या समरसता की पूर्ण सृजनात्मक दृष्टि है—शेष सारी दृष्टियाँ साम्प्रदायिकता या आग्रही दृष्टियों होंगी। अस्तु—

शबरी अपनी जन्मगत निम्नवर्गीयता को कर्म दृष्टि के द्वारा वैचारिक ऊर्ध्वता में परिणत करती है। यह आत्मिक या आध्यात्मिक संघर्ष, व्यक्ति के सन्दर्भ में मुझे आज भी प्रासंगिक लगता है। सामाजिक मूढ़ता, परिवेशगत जड़ता तथा अपने युग के साथ संलापहीनता की स्थिति में व्यक्ति केवल अपने को ही जाग्रत कर सकता है। अपने को हो सम्बोधित कर सकता है। इसी संघर्ष के माध्यम से 'स्व' 'पर' हो सकता है; व्यक्ति, समाज बन सकता है। शबरी अपने वर्ण, वर्ग, समाज, युग

सबसे ऊपर प्रस्थापित इसी प्रक्रिया के द्वारा हो सकी। इस छोटे-से खण्डकाव्य में मैं अपनी बात को केवल संकेत में ही कह सका हूँ। क्योंकि मुख्य रूप से इसे किसी इतर प्रयोजन के लिए ही मुझसे लिखवाया गया, इसीलिए छन्दोबद्ध भी लिखा तथा रचना की संरचना में वैचारिकता भी कम ही आने दी। फिर भी अपने मूल प्रयोजन में यह रचना भी मेरे कवि का उतना ही प्रतिनिधित्व करती है जितनी कि अन्य काव्य-कृतियाँ।

इति नमस्कारान्ते—
मई, 1977
99-ए, लूकरगंज, इलाहाबाद-1

क्रम

त्रेता

त्रेता-युग की व्यथामयी
यह कथा दीन नारी की,
राम-कथा से जुड़ कर
पावन हुई, उसी शबरी की

बदल गया था सतयुग
का सारा समाज त्रेता में,
वन-अरण्य की ग्राम-सभ्यता
नागर थी त्रेता में।

काट वनों को लोगों ने
खलिहान-खेत फैलाये
जोड़ पथों से विकट दूरियाँ
कस्बे-नगर बसाये।

जन्म ले रहे थे समाज में
राज्य और कुछ जनपद
सभी सभ्यताएँ पनपी हैं
मैदानों, नदियों तट।

विन्ध्य-हिमालय बीच
अगर गंगा ना होती,
क्या होता यह देश
और संस्कृति क्या होती।

आम्र-कुञ्ज, गेहूँ गन्नों का
उपजाऊ मैदान सुहाना,
ऋषियों के वे पावन आश्रम
नदी घाट के तीरथ नाना।

आर्य बस्तियाँ फैल रही
थीं, नगर-सभ्यता लेकर
वन्य जातियाँ भी छिटपुट
थीं, आदिमता को लेकर।

उत्तर का मैदान आर्य
था कोल-किरात विन्ध्याचल,
द्राविड़ था दक्षिण का
सारा प्रायद्वीप, अरुणाचल।

यात्राएँ थीं कठिन
मार्ग भी सुगम नहीं थे
लूट-पाट करते डाकू-दल
फैले सभी कहीं थे।

व्यापारी गण सार्थ बनाकर
सीमान्तों तक जाते
सिन्धु तटों से माल, लाद
नौकाओं में ले जाते।

थे समाज में वर्ण,
श्रेणियाँ अधिक नहीं थीं;
बनी संहिता आचारों की
सामाजिकता अधिक नहीं थी।

अभी सरल ही था समाज
औ' राजनीति भी क्रूर नहीं थी,
नगर-सभ्यता त्रेता की, यह
धन-धरनी से दूर नहीं थी।

धर्म और नैतिकता की
तब नींव पड़ी जन-मन में
थे ब्राह्मण सिरमौर, तपस्या
के कारण सब जन में।

रक्षक औ पालक क्षत्रिय
थे वैश्य बने व्यापारी,
श्रमिक शूद्र थे, थी समाज
की यही व्यवस्था सारी।

जिन्हें न थे स्वीकार
धर्म-नैतिकता के ये बन्धन
आर्य जाति के होने पर भी
कहलाये राक्षस गण।

यज्ञों को विध्वन्स, सताया
करते आश्रम-वासी,
रक्त-मांस से दूषित।
कर जाते सब सत्यानाशी।

वन्य जातियाँ अब भी थीं
आखेट आदि ही करतीं,
पशु-पक्षी-मछली पर
अपना जीवन-यापन करतीं।

भक्ष्याभक्ष्य किसी बात का
कब विवेक था उनमें?
छोटे-छोटे गोल बनाकर
रहते थे जंगल में।

हिंसा, लूटपाट, हत्याएँ
इनका जीवन-दर्शन
रेवा से लेकर कावेरी
तक फैले थे ये जन।

ऐसी ही थी शबर जाति
भी, विन्ध्यवनों में रहती,
मनुष्यता से दूर, जाति
यह अपने ही में रहती।

श्रमणा नामक शबरी वह
ऐसा ही जीवन जीती,
उसे घृणा थी पशु-हिंसा से
पर क्या कर सकती थी।

घर क्या था बूचड़खाना था
मांस मँहकता रहता
कहीं, किसी की खाल खिंच
रही, कोई छुरी से कटता।

काँटे हड्डी फैले रहते
रक्त-लकीरें भू पर
जीवित नरक सरीखे घर में
उसका जीवन दूभर।

था सब कुछ वीभत्स वहाँ
परिवार लोग भी सारे,
काले तन पर कसे लँगोटी
लगते ज्यों हत्यारे!

कौन जन्म का पुण्य जगा
श्रमणा शबरी के मन में—
'पाप-कर्म ही लिखा हुआ है
क्या मेरे जीवन में?'

रक्त सने हथियार नदी में
धोते सोचा करती—
'प्रभु ने कितने मधुर बनाये
वन, सरिता, यह धरती।

'पर मनुष्य यह कितना पापी
बैर सभी जीवन से
नहीं जानता क्या होगा
उसका इस आत्म-हनन से।

माना यह सब कुल-कुटुम्ब है
अपने ही हैं प्रिय जन
पर इस बन्धन में रहते
सम्भव क्या उन्नत जीवन?

'पता नहीं किस साधू ने,
यह नाम दिया था श्रमणा
भला शबर लड़की का होता
नाम कभी भी श्रमणा?'

श्रमणा जैसा नाम, किन्तु,
रहना तो घोर नरक में
बीत जाएगा क्या यह
सारा जीवन इसी नरक में?

पकता रहता मांस आग में,
घुटनों पर वह सिर धर
लाल आँच में तप उठती
पर पहुँचे किस निर्णय पर?

'सब बन्धन से कहीं श्रेष्ठ है
उस प्रभु का ही बन्धन
कुल-कुटुम्ब की चिन्ता से
अच्छा है प्रभु-आराधन।'

घोर वितृष्णा घिर आयी
श्रमणा शबरी के मन में,
त्यागो यह परिवार-मोह
यदि करना कुछ जीवन में।

अर्धरात्रि की गहन निशा में
सोये थे सब बच्चे,
पति की बाँह गले में थी
थे मोहसूत्र ये कच्चे।

सुबह तलक जो मृगशावक था
अब था वह मृगछाला
कहीं मनुजता नाम नहीं
यह कैसा जीवन काला?

चर्बी के दीये का भी
आलोक भला कुछ होता?
आकण्ठ पापमय हैं ये सारे
छोड़ो इनको सोता।

बाहर निकली, देखा नभ में
मंगल सुलगा पड़ता
नभ-गंगा आकाश बीच थी
काल-पुरुष था जगता।

वृत्त बनाकर तिरछे थे
उत्तर में सप्तर्षि तारे
गहरा नीला हो आया था
नभ कुछ, क्षितिज किनारे।

कृष्ण पक्ष, था, मन्द, हवा थी,
था वृक्षों में कम्पन
एक अकेले नाले का था
शब्द, नहीं तो, निर्जन।

एक बार फिर कुटिया में
जाकर देखा, सब सोये,
नाक बज रही थी सबकी
सब सपनों में खोये।

•

पम्पासर

शाल और सागौन वनों को
पार किया शबरी ने,
सुन रक्खा था नाम कभी
पम्पासर का शबरी ने।

पम्पासर में बड़े-बड़े ऋषि
मुनियों के हैं आश्रम
ज्ञान-ध्यान, तप-आराधन
के तीर्थरूप हैं आश्रम

इन ऋषि-मुनियों में मतंग
ऋषि थे सबसे तेजस्वी
दूर देश से सुनने आते
वाणी जो ओजस्वी।

पम्पासर में पहुँच, लगा
आश्रम में कैसे जाये?
शबर जाति की स्त्री
कैसे ऋषि के दर्शन पाये?

प्रातः काल हुआ ही था,
सब स्नान-ध्यान में रत थे,
यज्ञ आदि के लिए बटुक-
जन लकड़ी बीन रहे थे।

कोई क्यारी छाँट रहा था
सींच रहा जल कोई,
दुही जा चुकी थीं गायें सब
रँभा रही थी कोई।

गीले आँगन में हरिणों के
खुर उभरे पड़ते थे,
बैठ आम की डाली पर
तोते चीखे पड़ते थे।

जलकलशी ले ऋषि-कन्याएँ
पोखर आतीं-जातीं,
भीगी, एकवसन में वे
सब, धुले चरण धर चलतीं।

यज्ञ वेदियाँ सुलग चुकी थीं
वेदपाठ था जारी,
कितनी दिव्य और भव्य थी
शान्ति यहाँ की सारी।

थी विशाल कितनी हरीतिमा
शोभित थीं पगवाटें,
था विराट वट-वृक्ष खड़ा
फैलाए वृद्ध जटाएँ।

दूर किसी एकान्त विजन में
मुग्ध मयूरी तन्मय,
देख रही अपने प्रिय का
रास नृत्य जो रसमय।

हर सिंगार, चम्पा, कनेर
कदली, केला थे फूले,
कमलों पर टूटे पड़ते थे
भ्रमर सभी रस भूले।

पहुँची वह मतंग ऋषि-आश्रम
यज्ञ-धूम था पावन
दिव्य-गंध से युक्त हवा थी
सामगान मन-भावन

जाकर स्नान किया पोखर में
हो पवित्र तन-मन से,
बैठ गयी आश्रम-फाटक पर
सार्थक हो दर्शन से।

शान्ति-पाठ हो चुका, मतंग
तब मण्डप से उठ आये,
देखा फाटक पर स्त्री को
तो थोड़ा सकुचाये।

देखा, सम्मुख भव्य व्यक्ति था
मानों तप ही आया
शबरी ने उठकर ऋषि के
चरणों में शीश झुकाया।

पूछा ऋषि ने-तुम कौन?
कौन हो? और कहाँ से आयी
देखा न तपोवन में पहले
क्या नयी-नयी ही आयी?

ऋषि की जिज्ञासा-वाणी सुन
भर आये शबरी के लोचन,
कैसे बतलाये अन्त्यज है
शबर जाति की; दुखमोचन!

यदि बतला दूँ, तो क्या, मुझको
आश्रम में रख लेंगे ऋषिवर?
यदि रख भी लें, तो बाकी के
कर देंगे जीवन ही दूभर।

अन्त्यज अछूत, फिर शबर जाति
उस पर स्त्री, क्या हेतु कहूँ?
अध्यात्म-पिपासा लेकर मैं—
आयी हूँ, कैसे बात कहूँ?

बोली, 'प्रभु के दर्शन से मेरा
जीवन आज कृतार्थ हुआ
मैं शबर जाति की श्यामा हूँ
प्रभु सेवा मेरा इष्ट हुआ?'

'क्या कहा, यहाँ सेवा करने
आयी हो मेरे आश्रम में?
कैसे अछूत स्त्री को मैं
रख सकता अपने आश्रम में?

सौभाग्यवती तुम लगती हो
परिवार और पुरजन होंगे',
'परिवार और पुरजन कैसे?'
'कुछ सांसारिक बन्धन होंगे!'

'मैं सब को तृणवत त्याग
चली आयी प्रभु के श्रीचरणों में'
'अन्त्यज सीमा ज्ञात मुझे
पर पड़ी रहूँ श्रीचरणों में।'

'आश्रम की भी सामाजिकता
कैसे अछूत रह सकता है?
उस पर स्त्री, घर से भागी
कुछ भी प्रवाद हो सकता है।

'स्थान यहाँ देना तुमको
इसका निर्णय सब पर निर्भर,
यदि उच्चवर्ण की होतीं तुम
तो प्रश्न नहीं था कुछ दूभर।'

'मैं समझी प्रभु हैं अग्निरूप
सब सांसारिकता से ऊपर
अन्त्यज भी हो जाते पावन
जिनकी पवित्रता को छूकर।

'क्या आत्मा की उन्नति केवल
है उच्च वर्ग तक ही सीमित?
प्रभु तो हैं सबके पिता, भला
उनका आराधन क्यों सीमित?'

चौंके मतंग, वह समझ गये
कीचड़ में कमल खिला है यह।
होगी अछूत, पर जाने किन
जन्मों का पुण्य खिला है यह।

चुप देख, पुनः शबरी बोली
'चिन्ता न करें मेरे कारण,
मैं किसी पेड़ के नीचे रह कर
कर लूँगी जीवन-यापन।

'मैं चाह रही, केवल प्रभु के
श्रीचरणों की सेवा करना,
मैं कर लूँगी सन्तोष मिले
यदि गायों की सेवा करना।

'प्रभु के श्रीमुख से प्रवचन सुन
यह भवसागर तर जाऊँगी,
पापी हूँ, गुरु की कृपा हुई
तो हरि-गुण गा तर जाऊँगी।'

बोले मतंग—'बेटी शबरी!
यदि अन्त्यज तू, तो कौन श्रेष्ठ?
तुझमें तो प्रभु ही बोल रहे
निश्चय होगी तू भक्त श्रेष्ठ।

'मैं तुझे सौंपता गौशाला
पालना करना आश्रम जीवन
हरि से है कोई नहीं बड़ा
प्रभु नाम-जाप ही आराधन।'

आँखें भर आयीं शबरी की
गिर पड़ी गुरु पद-पद्मों पर,
विह्वल शबरी यमुना सी थी
ऋषि के उज्ज्वल पद-पद्मों पर।

'मैं पापी हूँ, हूँ हतभागी
इस भवसागर से पार करो
प्रभु-चरणों में हो भक्ति अटल
मुझ को दासी स्वीकार करो।'

विह्वल शबरी को तब मतंग
आश्वासन दे भीतर लाये,
सब शिष्य और आश्रमवासी
थे देख रहे अति चकराये।

कुछ ने मुँह बिचकाया, कुछ ने
मुस्कान-कुटिलता दरसायी,
कुछ ने सोचा-यह कौन देवि
जो श्यामा बन आश्रम आयी!

पर कुटिया के भीतर जाना
था शबरी को स्वीकार नहीं
मामा ऋषि को आपत्ति न थी
पर वे ही तो संसार नहीं।

वह पहुँची तब गौशाला में
देखी धौला, कपिला, श्यामा
वे गायें थीं या कामधेनु
चित्रित सींगों की अभिरामा।

थे देख रहे अचरज से
बछड़े गायें शबरी को,
सिर हिला, बजा गलघंटी
ज्यों पूछ रहे शबरी को।

थीं तो पशु की ही आँखें
पर भाव भरा था उनमें,
शबरी को पास बुलाता
था मौन निमन्त्रण उनमें।

निर्भय धौली तक पहुँची
फिर सहलाया कपिला को,
सिर सूँघा तब कृष्णा का
गलबाँही दी श्यामा को।

छिप कर मतंग ने देखी
पशु-शबरी की यह लीला,
सोचा-किस घाट बही थी
निर्मल, पुण्या यह सलिला।

विश्वास हो गया ऋषि को
शबरी निश्चय पुण्यात्मा
जाने किन कर्मों के हित
थी भटक गयी यह आत्मा।

सम्भव है आश्रम के जन
या अन्य तपोवन वासी,
आपत्ति करें शबरी के
बनने पर अन्तेवासी।

जब प्रभु ही ने है भेजा
वे पथ भी दिखलाएँगे,
है दीनबन्धु, निश्चय इस
दीना को अपनाएँगे।

•

तपस्या

कुछ दूर तपोवन से हट
पम्पासर के कोने में,
शबरी ने कुटिया छायी
निर्जन जंगल सूने में।

खुद को ही अचरज होता
अपने इस परिवर्तन पर,
कैसे वितृष्ण थी मन से
घर वालों के जीवन पर।

बचपन में भी जब सखियाँ
पेड़ों पर थी चढ़ जातीं,
नीड़ों से कच्चे अण्डे
लेकर वे सब खा जातीं।

यह देख-देख शबरी को
जाने कैसा सा लगता
कटते पशुओं का कँपना
उसको सपने में दिखता।

निर्मम तो प्रकृति भी है
पर उससे भी निर्मम मानव
सब भोजन हैं इसके तो
यह कैसा भूखा दानव!!

क्यों खोज असुन्दर की हो
जब इतना कुछ है सुन्दर
सरिता बालारुण तारे
नालों का कोमल मर्मर!

क्या कोई अर्थ नहीं है
फूलों का या परिमल का?
क्या व्यर्थ झाँकना है यह
जल में इन स्वर्ण-कमल का?

ये मन्त्रों के पावन स्वर
किसको सम्बोधन करते?
है कौन घास बन फैला
जिसको पशु तन्मय चरते।

कोई तो होगा नभ में
जल में थल में या हममें,
जो गन्ध समीरण बनकर
है घूम रहा कण-कण में।

गुरु की आज्ञा थी, आश्रम
का जीवन पालन करना
था प्रथम पाठ जीवन का
अपने पर अंकुश रखना।

भिनसार ब्राह्मवेला में
बिस्तर से वह उठ जाती
स्नान-ध्यान कर तब वह
कुश-फूल आदि चुन लाती।

सूर्योदय के पहले ही
गुरु-गोशाला में होती,
दाना-पानी दे सबको
तब गायें दुहती होती।

ताजे गोबर से नित ही
तब आँगन लीपे जाते,
उसके आँचल में मुँह दे
मृग-शावक घूमा करते।

तोते-मैना पिंजरों में
जो अब तक मौन बने थे,
शबरी के दिखते ही वे
सब कान पका देते थे।

तब धान धूप में देना
कुटना-पिसना सब करना,
प्रत्येक बटुक तक की भी
आवश्यकता पूरी करना।

आश्रम की नित्य सफाई
थे काम नित्य शबरी के,
कामों में बझे-बझे ही
दिन ढल जाते शबरी के।

प्राय: तो आते-जाते, सुनती
रहती वह प्रवचन,
एकाग्र चित्त वह उस दिन
जब हो विशेष आयोजन।

सन्ध्या को नित ही ऋषिवर
शिष्यों को कथा सुनाते,
कोने के खम्भे से टिक
सुनती, क्या अर्थ बताते?

आश्रम की दीया-बत्ती
करने पर ही घर जाती,
तब अपने भीतर कैसा
प्रभु का सम्बोधन पाती

वह जिस पवित्रता के हित
आयी थी घर से चलकर
वह जिस सुगन्ध के पीछे
निकली थी हरिणी बन कर

कुटिया के बाहर सीढ़ी
पर जैसे बैठी मिलती,
है कोई संग में प्रतिक्षण
ऐसी आहट सी मिलती।

दिन भर कुटिया थी सूनी
यह लगा नहीं कोई दिन,
ताजा ही लगता सब कुछ
ये फूल और यह पूजन।

ठाकुर-प्रतिमा के सम्मुख
तन्मय हो कीर्तन करती
प्राय: तो रातें उसकी
पूजा में बीता करतीं।

कब दीप शेष हो जाता
वह कब बेसुध हो जाती
कब आँसू झरने लगते
कब हिचकी सी बँध जाती।

खिड़की से कोई वन-पशु
कुछ ताक-झाँक कर जाता
आती सियार की बोली
कोई पत्ते खड़काता।

लेकिन शबरी तो दिन में
भी प्रभु में तन्मय रहती
वह सभी कर्म को प्रभु का
श्रृंगार समझ कर करती।

जब अँधियारे पाखों की
एकान्त रात्रियाँ होतीं
तब मुग्ध भाव से निर्भय
सीढ़ी पर बैठी होती।

वह होती, होता सम्मुख
प्रभु के विराट सा यह नभ
आनन्द बरसने लगता
प्रभुमय हो जाता अग-जग।

जब मोरपंख चाँदनियाँ
झालर सी हिलने लगतीं
प्रभु आये मलमल पहने,
वह गीत सुनाने लगती।

कपिला-तन सी जब बिजली
मेघों में कँप-कँप उठती
शबरी विभोर हो वन-वन
अपने ठाकुर को गुनती

ये मन्द हवा के झोंके
कैसे चन्दन-गन्धी हैं
क्या प्रभु-दुकूल को छूकर
ये इतने मृदु-गन्धी हैं?

यह नभ भी तो ऋषि ही है
नक्षत्र-मन्त्र जो लिखता
प्रभु के रहस्य सा क्या नभ
इतना ही, जितना दिखता?

मुझको विराट! मत भटका
सुर गंगा के आँगन में,
तुम प्रतिमा बनकर आओ
मेरे टूटे छाजन में।

मैं गरुड़ नहीं, ना हंसी
जो लाँघ दूरियाँ आऊँ,
प्रारब्ध नहीं है इतना
जो यज्ञ-याग कर पाऊँ।

तेरी विशाल रचना में
मैं घास-पात ही केवल,
शबरी का तो है तू ही
आराध्य और बस तप-बल

शबरी की सारी रातें
मनुहार भरी ही होतीं,
भिनसार देख तब शबरी
आश्रम को उन्मुख होती।

कर स्नान आदि पोखर से
ऋषि पथ में थे मिल जाते,
शबरी-मुख की तन्मयता
से मन ही मन मुस्काते।

कैसे शिष्या से अब यह
थी भक्त बन रही प्रतिदिन,
कोई क्या गुरु हो सकता
इसका, जो प्रभु को अर्पण।

मन्दार पुष्प सा जिसका
सर्वस्व समर्पित प्रभु को,
जो स्वयं तपस्या है अब
क्या वेद-मन्त्र हैं उसको।

यह क्षार झाड़ जिस दिन भी
ज्योतित होगी तेजस बन
त्रैलोक्य छोड़ तब प्रभु ही
आएँगे देने दर्शन।

•

प्रतीक्षा

शबरी की दिनचर्या अब
पूजा-प्रबन्ध था करना,
अब थी अभिभावक पूरी
सब पर निगरानी रखना।

अब कभी-कभी प्रवचन में
उल्लेखित होती शबरी,
मानो वह परम सती हो
हो भक्त शिरोमणि शबरी।

कल तक जो जंगल-जंगल
थी घास-पात जैसी ही,
थी दया-पात्र जो सबकी,
अब वह आश्रम की तुलसी।

नभ का पवित्र नीलापन
था उसके श्याम बरन में,
चन्दन सुगन्ध थी उसके
उस सात्विक भोलेपन में।

उन नयनों में करुणा थी
औ, थी पवित्र पावनता,
उसको सब प्रभुमय लगता
थी उसमें प्रभु की प्रभुता।

प्रत्येक वृक्ष का पत्ता
प्रभु नाम सरीखा लगता,
हो फूल कहीं भी कोई
प्रभु संकीर्तन सा लगता।

लगता वह स्वयं नदी है
फूलों में कल-कल बहती,
कोकिल बन कुंजों-कुंजों
प्रभु नाम टेरती रहती।

वह ही फैली है बनकर
वन-कानन और तपोवन,
प्रभु शादूल बन कर फैले
वह चरती बनकर गोधन।

वह हँसती धूप सरीखी
शिशु सी व्याकुल हो जाती,
कोई आहट या ध्वनि सुन
तन्मय विभोर हो जाती।

लगता वह प्रभु अधरों की
बाँशी है, गूँज रही है,
वह स्वयं मन्त्र है कोई
जो प्रभु को खोज रही है।

ये सूर्य-चन्द्र सब उसको
अपने में उगते लगते,
आकाश पहन लेती वह
सब बौने लगने लगते।

केवल मतंग थे जो इस
शबरी-स्वरूप से परिचित,
इस दीन हीन श्यामा के
थे महाभाव से हर्षित।

पर किसको औ' किस युग में
स्वीकार किया लोगों ने?
हर तरह तपा कर देखा
है, युग ने औ' लोगों ने।

अपमान और बदनामी
तो मामूली बातें हैं
पीड़ा, दुःख देना, ये तो
लोगों की प्रिय घातें हैं।

फिर शबरी जैसी अन्त्यज
को लोग छोड़ सकते थे?
मुनि-साधू होने से क्या
वे द्वेष छोड़ सकते थे?

यह भील जाति की कुलटा
सतियों सी होगी पावन?
अब आर्य-कण्ठ से शूद्रा
का करना होगा गायन?

चाहे मतंग ऋषि जो भी
जैसा भी इसको मानें,
वे शबरी पर चाहें तो
मन्त्रों को ही रच डालें।

पर सामाजिक नियमों का
करना ही होगा पालन,
क्या शूद्र आर्य हो सकता
करने से प्रभु-आराधन?

यह तो है उच्छृंखलता
इससे समाज टूटेगा,
मर्यादाएँ हटने से
सारा समाज बिखरेगा।

सामाजिकता के अंकुश
से ऊपर धर्म नहीं है,
से ऊपर धर्म नहीं है,
ये यज्ञ-याग औ' पूजन
शूद्रों का कर्म नहीं है।

है सार्वजनिक पम्पासर
पर शूद्रों के हित वर्जित,
तब किस आज्ञा से शबरी
है स्नान आदि करती नित?

भूले मतंग ऋषि शायद
आश्रम-जीवन मर्यादा,
यह अनाचार है कैसा
घर में रक्खे हैं शूद्रा।

‘शिव-शिव’—मतंग की तो
मति ही अब भ्रष्ट हुई है
अब आर्य स्त्रियों की ही
यह शबरी इष्ट हुई है?

नित कथा और प्रवचन में
इसका दृष्टांत सुनाना
सावित्री-अनसूया के
सँग, शबरी नाम गिनाना।

इससे ज्यादा भी कोई
पातक हो सकता जग में?
ऋषि होकर कुलटा-शूद्रा
को सती बताते जग में।

स्वीकार नहीं कर सकता
पम्पासर का यह ऋषिकुल,
चुन लें वे शबरी या फिर
अपना आश्रम और गुरुकुल।

दूषित है पम्पासर का
जल, शूद्रा के छूने से,
गो-हत्या पाप लगेगा
इस जल को अब छूने से।

वर्जित है अब से इसमें
सब स्नान पान करना भी,
घोर पाप सा होगा
इसका दर्शन करना भी।

एकत्र हुए थे सारे
ऋषि-मुनि-साधु-संन्यासी;
शबरी मतंग को लेकर
उत्तेजित अन्तेवासी।

माना मतंग थे ऋषिवर
ज्ञानी औ' परम तपस्वी,
पर उनके यश-दिनकर पर
छायी थी शबरी-बदली।

आचार किसी का जग में
वैयक्तिक कब हो सकता?
हैं अन्य स्त्रियाँ-कन्या
जिन पर प्रभाव पड़ सकता।

करना ही होगा वर्जित
दासी शबरी, जो शूद्रा
ऋषि का चरित्र यह कैसा!
क्या मिल सकती है शिक्षा?

स्वीकार न हो यदि उनको
सारे समाज का निर्णय,
तो बहिष्कार करने का
करना ही होगा निश्चय।

सुनकर समाज का निर्णय
बस खिन्न हुए ऋषि मन में,
कब धर्म-मर्म जागेगा
साधू-समाज के मन में?

अपने को श्रेष्ठ समझना
यह दम्भ नहीं तो क्या है?
जिसका जीवन है सात्विक
वह आर्य नहीं तो क्या है?

क्या धर्म-तत्व से ऊँची
है वर्णाश्रम मर्यादा?
तब व्यर्थ तपस्या-पूजन
यह गंगा भी है शूद्रा।

जब तक शबरी शूद्रा थी
थी तब तक वह प्राकृतजन,
अब वह नर से भी ऊपर
है शक्ति, देवि, नारायण।

वैराग्य रूप है शबरी
वह जन्म-मरण से ऊपर
सौ यज्ञों के पुण्यों से, है
श्रेष्ठ भक्ति इस भू पर।

तुम कहते हो शबरी ने
यह जल दूषित कर डाला,
पूछो कुश-दूर्वाओं से
किसकी जपते हैं माला?

यदि पम्पासर है तीर्थ
रहेगा आगे, तो शबरी से
आदिकाल की सतियाँ भी हैं
सती आज, तो इस शबरी से।

पर समाज तो सभी युगों
में ऐसा ही होता है,
अच्छे जन के ही मारग में
यह कण्टक बोता है।

और त्यागना पड़ा तपोवन
ऋषि को, शबरी को भी
कुटी जला, सब नष्ट किया
शूद्रा की स्मृति को भी

था थोड़ी ही दूर जलाशय
फिर से कुटी बनायी,
यज्ञ-याग, कीर्तन-आराधन
पुनः पवित्रता आयी।

महाभाव की परिभाषा था
उस शबरी का जीवन
अब मतंग ने सिखलाये
कुछ योग और कुछ दर्शन।

कल तक जो शबरी झाड़ी थी
उसे सँवारा ऋषि ने,
योग-भक्ति में निपुण बनाया
शबरी को उन ऋषि ने।

शक्ति एक है, किसी मार्ग से
चलो, वहीं पहुँचोगे,
योगी-भक्त कहाओ कुछ भी
प्रभु तक ही पहुँचोगे।

बीत गया जो वह भी प्रभु था
औ' भविष्य भी प्रभु है,
नदियों में प्रतिक्षण बहता
औ' अडिग शिखर भी प्रभु है।

वह सत्ता है, नाम-रूप धर
कर आती इस जग में
साधारण जन सा चलता
भी देख सकोगे मग में।

महाभाव के सँग में था
अब ज्ञान-बोध शबरी में,
भक्ति-योग की गंगा-यमुना
का संगम शबरी में।

हुई गुरु-कृपा और बनी
अब अन्नपूर्णा शबरी
प्रभु की तुलसी-कण्ठी थी
तो योग-अग्नि भी शबरी।

अभी परीक्षा बाकी थी
उसके पावन जीवन की,
थी समाज में घोर लांछना
ऐकान्तिक जीवन भी।

प्रतिहिंसा की आग अभी तक
थी समाज के मन में,
सबकी करके घोर उपेक्षा
क्यों रहते हैं निर्जन में?

शबरी अब भी बनी हुई थी
यही क्रोध का कारण,
अब वह योगी भी है, यह
सुन पीड़ित सारा जन-मन।

समझे थे, मतंग ऋषि
सबसे क्षमा, माँग, शबरी को
कर देंगे निष्कासित, औ'
सब भूलेंगे शबरी को।

पर उसके इस दिन-दिन
बढ़ते तेज-रूप को सुन कर,
और अधिक तब ऋषि—
मुनियों के साँप लोटता उर पर।

पता चलाया लोगों ने—
तब उसके पति का, घर का,
और गया तब एक आदमी
लेकर पता शबर का।

खबर मिली तो दौड़ा आया
लिए साथ में साथी,
क्रोध अभी भी था उस
पर जो बरसों पहले भागी।

धनुष-बाण, हथियार लिए
सब लड़ने की तैयारी,
शबर जाति की इस स्त्री
ने काटी नाक हमारी।

समझाया सबने उसको
ऋषि ने उसको रख छोड़ा
यदि उसको पाना ही है
तो धैर्य धरो कुछ थोड़ा।

जाना तुम सब अर्ध रात में
जब शबरी हो सोयी
उसकी कुटिया अलग बनी है
वहाँ न होता कोई।

जाग गये औ' पता चल गया
ऋषि को तो है आफत,
सभी भस्म हो जाओगे औ'
आ जाएगी शामत।

ले जाओ मुँह बाँध उसे
चुपचाप अँधेरे ही में
जैसे भी हो ले जाना
वन पार अँधेरे ही में।

आज अमावस और तुम्हारी
इष्ट-देवि का दिन है,
खोयी स्त्री तुम्हें मिल रही
कैसा मंगल दिन है।

सब कुछ समझ, चला शबर—
दल शबरी के आश्रम पर,
कृष्ण-गरुड़ सा अन्धकार
था फैलाये अपने पर।

उग आये थे तारे निर्मल
हवा शान्त, था निर्जन
पेड़ों के पीछे छुपकर सब
बैठ गये शाबर-जन।

पहले झींगुर झन्नाये, फिर
आयी उलूक की घुप-घुप,
आधी रात समझकर शाबर
बढ़े सभी तब गुपचुप।

चलने से पत्तों की चरमर
थोड़ी तो होती थी,
कहीं जलाशय पार विरहिणी
चकवी भी रोती थी।

सन्नाटे में लोग देख, कोई
सियार भग उठता,
अन्धकार वन की साँसों सा
उठता-गिरता लगता।

अन्धकार में दिखलायी दी
तब छोटी सी कुटिया,
खिड़की के छनते प्रकाश में
पुतली सी थी कुटिया।

तभी उन्हें उस अन्धकार
में दिखा दूर पर आश्रम,
यह किसकी कुटिया है, इसका
मिटा सभी को संभ्रम।

पूर्ण सजग हो, शबरी का पति
पहुँचा तब खिड़की तक,
धीरे-धीरे और आ गये
औ पहुँचे खिड़की तक।

दीप जल रहा था सिंहासन
की प्रतिमा के आगे
आँखें बन्द किये बैठी थी
शबरी प्रभु के आगे।

कभी न देखी थी पवित्रता
ऐसी उन शबरों ने,
थी शबरी ही, पर अजीब थी
देखा सब शबरों ने।

श्याम वर्ण की झील सरीखा
शबरी-मुख था सुन्दर,
कैसी चन्दन-गन्ध आ रही
थी कुटिया के अन्दर।

उन्हें लगा कुटिया के भीतर
कोई जाग रहा है
जादु-पुरुष है कोई जो
हम सबको देख रहा है।

दरवाजा उढ़का था, खोला
पहुँचे वे सब अन्दर,
कभी न जिनने भय जाना
वे लगे काँपने थर-थर।

अब भी शबरी तन्मय थी
था दीपक भी तो निश्चल,
दिग्विमूढ़ वह खड़ा हुआ था
शबर और शाबर-दल।

सोच रहे थे खड़े हुए वे
शबरी यदि चिल्लायी
औ' ऋषि ने सुन लिया
अगर, तो सबकी आफत आयी।

एक साथ सब झपट दबोचें
उचित यही है करना,
किसी तरह मुँह बाँध इसे
लेकर झटपट चल पड़ना।

गोल बना कर बढ़ा दो कदम
आगे तब शाबर-दल,
तभी दिखा शबरी के चारों
ओर आग का कुण्डल।

समझ न पाये पहले तो वे
समझे कोई भ्रम है,
देखा रक्षा करता बैठा
वह साँपों का क्रम है।

बढ़ा आ रहा था कुण्डल वह
लाल-लाल लपटों में
लगा कि जैसे भस्म कर
दिए जाएँगे लपटों में।

धीरे-धीरे गरमी सबकी
देह लगी झुलसाने,
आग फुँकी पड़ रही सभी
में, और लगे चिल्लाने।

कौन वहाँ था, जो सब सुनता
और कहाँ था स्वर भी?
वे थे अब केवल पदार्थ-जड़
जिन्हें न लगता डर भी।

तभी हुई आहट सी, देखा
खड़े हुए थे ऋषिवर,
उनके आते ही कुटिया का
जादू डूबा सत्वर।

पूछा ऋषि ने—कौन? रात में
क्यों और कैसे आये?
लगता है कुछ दुष्ट प्रयोजन
लेकर तुम सब आये।

साक्षात यम ही सम्मुख थे
काँप उठा शाबर-दल,
क्षमा माँगते सभी गिर पड़े
कम्पित, ऋषि के पदतल।

पूरी बात सुनी जब ऋषि ने
दुःखी हुए वह मन से,
प्रभु की कृपा बिना मुश्किल
है, उन्नत होना मन से।

क्षमा कर दिया सबको
लौटे प्रसन्न वे सारे,
थे अब भी चमक रहे कुछ
प्रात: के नीलम तारे।

महाभाव में शबरी तो
थी प्रशान्त तल्लीना
वह श्यामा थी या शिव थी
यह था रहस्य अति झीना।

द्वार बन्द कर लौटे
ऋषिवर तब अपने आश्रम,
थी कालरात्रि यह कैसी
सब कुछ सम्भव था दुर्दम।

ऋषि को अवगत थी घटना
वे तो त्रिकालदर्शी थे
सब कुछ के प्रति इस जग में
वे तो करुणादर्शी थे।

देखा, थी पूर्व दिशा में
ऊषा के रथ की लाली,
आएँगी अन्य उषाएँ
लेकर आभा सोनाली।

चैतन्य बनी शबरी अब
कुटिया के बाहर आयी
देखा ऋषि लौट रहे थे
वह समझ नहीं कुछ पायी।

कैसा एकान्त विजन में
फैला था ज्यों सागर हो,
इन आकाशों को पहने
बैठा कोई नागर हो।

कर रही प्रतीक्षा हर क्षण
शबरी किस परम-पुरुष की,
जब वह धरती जैसी है
होगा आकाश पुरुष भी।

•

दर्शन

था उग्र अभी भी जनमत
शबरी-मतंग को लेकर,
जो भी प्रचार सम्भव था
था दूर-दूर औ' घर-घर।

सब जान चुके थे अब तक
सीता की हरण-कथा को,
सब समझ रहे थे मन में
इस दारुण राम-व्यथा को।

कोई क्या कर सकता था
थी गहन समस्या भारी,
जो यज्ञों का रक्षक हो
उसकी ही हर ली नारी।

वह आर्य-जनों का त्राता
था घूम रहा वन-वन में,
केवल सन्तोष यही था
थे लक्ष्मण उनके संग में।

युवराज या कि रक्षक का
ही था स्वरूप जन-मन में।
थे अति ही आज्ञाकारी
जो भटक रहे थे वन में।

पर ऋषि मतंग तो दृष्टा
सब देख रहे माया को,
भगवान रूप धर, सार्थक
करने आये धरती को।

निश्चिन्त हुए वह सुनकर
प्रभु पहुँच गये हैं वन में
जाएगी शबरी निश्चय
अब तो प्रभु कृपा-शरण में।

निकले मतंग ऋषि बाहर
पूरा कर सन्ध्या-वन्दन,
सूर्यास्त-आरती नभ में
कीर्तन सारा खग-कूजन।

सुन पड़ा दूर कोलाहल
फिर दिखे लोग आते से,
उत्तेजित भी थे शायद
कुछ बातें समझाते से।

शबरी अपनी कुटिया में
थी महाभाव में डूबी,
वह समय-देश से ऊपर
प्रभु में तन्मय, रस-डूबी।

भीड़ निकट आ पहुँची तो
ऋषि आश्रम-बाहर आये,
तब तक दो देवपुरुष से
ऋषि-चरणों पर झुक आये।

यह श्याम-श्वेत की जोड़ी
हैं राम और लक्ष्मण ही,
यह देवमुखों सी मुद्रा
बतलाती प्रभु-लक्षण ही।

सादर सबको भीतर ले
पहुँचे मतंग आश्रम में,
कुछ तनी हुई मुद्रा में
कुछ खोज रहे आश्रम में।

सब अप्रिय सन्नाटे में
बैठे थे कुश-आसन पर,
थे समझ रहे ऋषिवर सब
क्यों आये ये आश्रम पर।

जब कुशल-क्षेम भी होली
बोले मतंग तब सादर,
है कौन प्रयोजन वह जो
की कृपा सभी ने आकर?

सब चुप पम्पासर-वासी
बोले विनम्र रघुनन्दन,
इस शान्त-तपोवन आकर
सार्थक है मेरा जीवन।

‘पम्पासर में जब पहुँचा
प्रभु का आश्रम था सूना,
सब ज्ञात हुआ लोगों से
मन में दुःख जागा दूना।

‘मिथ्या प्रवाद यह कैसा
फैलाया अज्ञ जनों ने,
है क्या मतंग के जैसा
चौदह समस्त भुवनों में?

‘जो ज्ञान-भक्ति का साधक
ऋषियों का भी आराधक
वह मर्यादा-नियमों का
कैसे हो सकता बाधक?

‘वह धर्मरूप है जिससे
सब धर्म जन्म लेते हैं
वह तपस्याग्नि है जिसको
छू सभी स्वर्ण होते हैं।

‘मैं सुन आया हूँ शबरी
की सारी तप-गाथा को,
होगी कृतार्थ मानवता
सुनकर सुगन्ध-गाथा को।

‘शबरी अन्त्यज है तो क्या
वह शक्ति रूप है शूद्रा,
है तेज रूप वह केवल
शिव-शक्ति रूप है शूद्रा।’

‘होने कृतार्थ आया था
है नम्र निवेदन केवल।
कर रहा प्रतीक्षा प्रभु की
वह आश्रम, पम्पासर-जल।’

‘आहट पा देखा सबने
रमणी है या कि समस्या,
थी श्वेत-वसन में जैसे
कोई अकलंक तपस्या।’

उन दूज-चंद्र नैनों में
कितनी अगाध करुणा थी
चल रही धरा पर ऐसे
जैसे नभ की अरुणा थी।

यदि दिवस-तेज था उसमें
रातों सी नीरवता थी,
यदि कोलाहल लगती थी
तो थी मृदु कलरवता थी।

यह धरा, उपनिषद जैसे
वह मन्त्र-देवता उसकी
यह उसकी पूजा ही की
अत्यन्त सरलता उसकी।

उपवन-आश्रम के सारे
थे फूल सुगन्धित उससे,
थी वह पवित्रता ऐसी
होती पवित्रता जिससे।

वह भीड़ चीर कर सीधी
पहुँची ऋषिवर के सम्मुख,
पूजा-प्रसाद लायी थी
रख दिया उसे गुरु-सम्मुख

थे बेर जंगली केवल
यह था प्रसाद शबरी का
है अन्य और भी कोई
तब ध्यान गया शबरी का।

जब श्यामवर्ण में देखा
श्री रामचन्द्र को उसने,
यह, कौन उपस्थित सम्मुख
क्या रूप धरा है प्रभु ने?

वह समझ गयी यह प्रभु हैं
आये कृतार्थ करने को,
हैं यही राम-लक्ष्मण जो
आये दर्शन देने को।

देखा न किसी को उसने
हैं पम्पासर वासी भी,
वह तो प्रभु में तल्लीना
हो गयी गीत गाती सी।

आनन्द जगा था उसमें
था पुष्पित सारा तन-मन,
कैसी विराट सन्ध्या थी
हो रहा प्रकृति में पूजन।

आनन्द-अश्रु में प्रभु-मुख
हर बार डूबने लगता,
उस क्षण यह जाने कैसा
प्रभु के वियोग सा लगता।

यह कैसी महाकृपा थी
प्रभु अपने से थे आये,
दुर्गम अरण्य-वन चल कर
शूद्रा शबरी-घर आये।

आँखों में खिंच आयी थी
सम्पूर्ण इन्द्रियाँ उसकी,
था राग बज रहा उसमें
रस-लीन इन्द्रियाँ उसकी।

अब तक तो वह थी केवल
जैसे नदिया मरुथल की,
सींचे अब सारा अग-जग
है यही सार्थता जल की।

पर अब तो सागर खुद ही
आया था चलकर द्वारे,
थी कब की यह आकांक्षा
नदिया को सिन्धु पुकारे।

प्रभु-नाम-फूल हैं फूले
जीवन-कदम्ब में उसके
ये धूम-रात्रियों वाले
हैं दीप जल रहे किसके?

दक्षिण के मलय सरीखा
उत्तर-समीर यह आया,
यह नील-पुरुष उसके हित
मधु अंगराग है लाया।

प्रभु को कैसे बैठाये
परिधान कौन सा लाये?
किन मन्त्रों से आवाहन
वह गान कौन सा गाये?

स्वीकार करेंगे क्या प्रभु
वनफूलों की ही माला?
प्रभु कण्ठहार वह होती
होती यदि तुलसी-माला।

कैसे वह चरण पखारे
कैसे वह विजन डुलाये,
प्रभु को क्या सम्बोधन दे
क्या कह कर उन्हें बुलाये?

त्रैलोक्यपती के आगे
क्या रक्खे और परोसे?
यह जनमजली शबरी तो
प्रभु! तेरे आस-भरोसे।

तुम इसे मुक्ति दो प्रभु! अब
हैं पाद-पद्म अनुरागी
इस कुलकलंकिनी शूद्रा
को कर दो तुम बड़भागी।

वह झुकी हुई थी प्रभु के
चरणों पर श्रद्धानत हो,
आँसू से भीग गये पग
श्रद्धा थी झुकी, विनत हो।

प्रभु ने शबरी को सादर
आसन देकर बैठाला,
वह गूँथ रही थी आँखों
से प्रेम-अश्रु की माला।

प्रभु बोले—'क्या न मिलेगा
पूजा-प्रसाद इस जन को?'
'हैं बेर जंगली ये तो'
सुन कर हँस दिये कथन को।

हैं बेर जंगली आखिर
होंगे मीठे-कड़वे भी,
रख सकती थी प्रभु आगे
मीठे होते यदि ये भी।

संकोच बहुत था भारी
क्या व्यञ्जन दे वह प्रभु को?
वह अधम रहेगी सब दिन
ये बेर खिला कर प्रभु को।

संकोच भक्त को था, पर
भगवान भाव के भूखे,
उत्सुक प्रभु को जो देखा
आँसू शबरी के सूखे।

प्रभु को देगी वह चख
कर, होंगे रसाल जो मीठे,
वह प्रभु की जिह्वा बनकर
चक्खेगी कड़वे-मीठे।

वह सहज-भाव से चखती
मीठे प्रभु को दे देती,
प्रभु सहज भाव से खाते
आँखों से कृपा बरसती।

लक्ष्मण अवाक थे शबरी
का भाव देख यह निश्छल,
निश्चय पी लेंगे प्रभु, यदि
दे भक्त उन्हें हलाहल।

प्रभु बोले मन्द्र स्वरों में
जनता को कर सम्बोधन—
'शबरी तो जगज्जननि है
मैं हुआ आज ही पावन।

थी ज्ञात मुझे पहले ही
गाथा इस परम सती की,
वह जन्म-चक्र से ऊपर
जिस पर हो कृपा सती की।

'है, अन्य कौन त्रेता में
जो श्रेष्ठ भक्त, शबरी से,
है मन्त्र, यज्ञ यह सब कुछ
सब सिद्ध इसी शबरी से।

‘मैं तो आया हूँ केवल
करने जयकार सती का
मैं हूँ कृतार्थ पाकर यह
स्वागत-सत्कार सती का।’

शबरी बोली तब प्रभु से—
‘है मात्र निवेदन इतना
मैं सहन नहीं कर सकती
अब तो वियोग, क्षण जितना।

थीं सुलग उठीं शबरी में
योगाग्नि पुण्य-ज्वालाएँ,
था दिव्य तेज उस मुख पर
सूरज की स्वर्ण-प्रभाएँ।

आकाश-भागवत की वह
थी प्रथम श्लोक सी-शबरी
करने कृतार्थ जाती थी
अब स्वर्गलोक शबरी।

जयकार कर उठे सारे
सच ही वह परम सती थी,
उस कृष्ण-कमल में निश्चय
ही आर्य-गन्ध बसती थी।

केवल मतंग थे अविचल
संतोष बड़ा था मन में,
शूद्रा से शक्ति बनी वह
सम्भव सब कुछ जीवन में।

•